Eclesiástico

Roteiro:
Richarde Guerra

Ilustração:
Marcos Oliveira

"Porque não se lembrará muito dos seus dias da sua vida; Porquanto Deus lhe responde na alegria de seu coração".
(Eclesiastes 5:20)

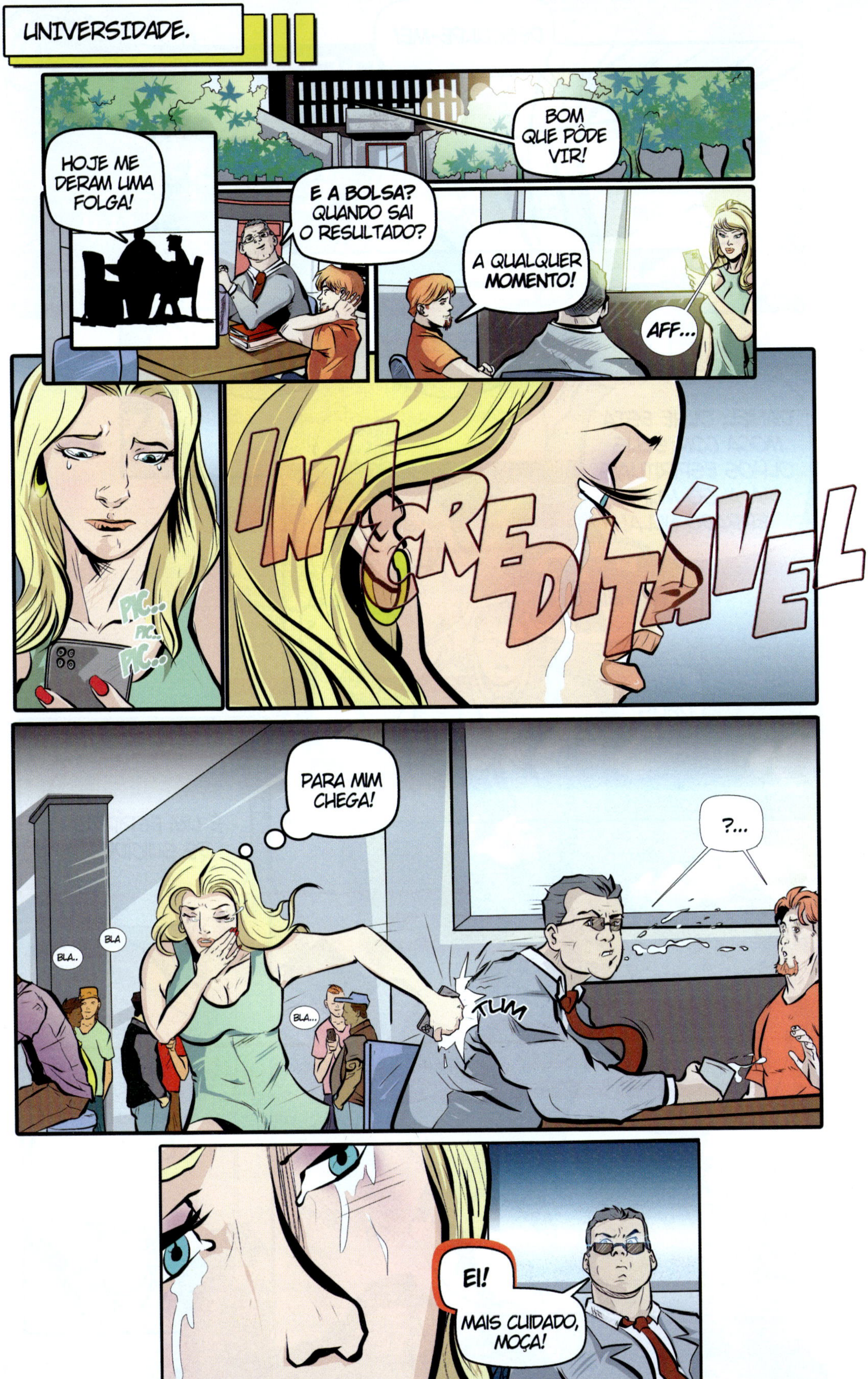

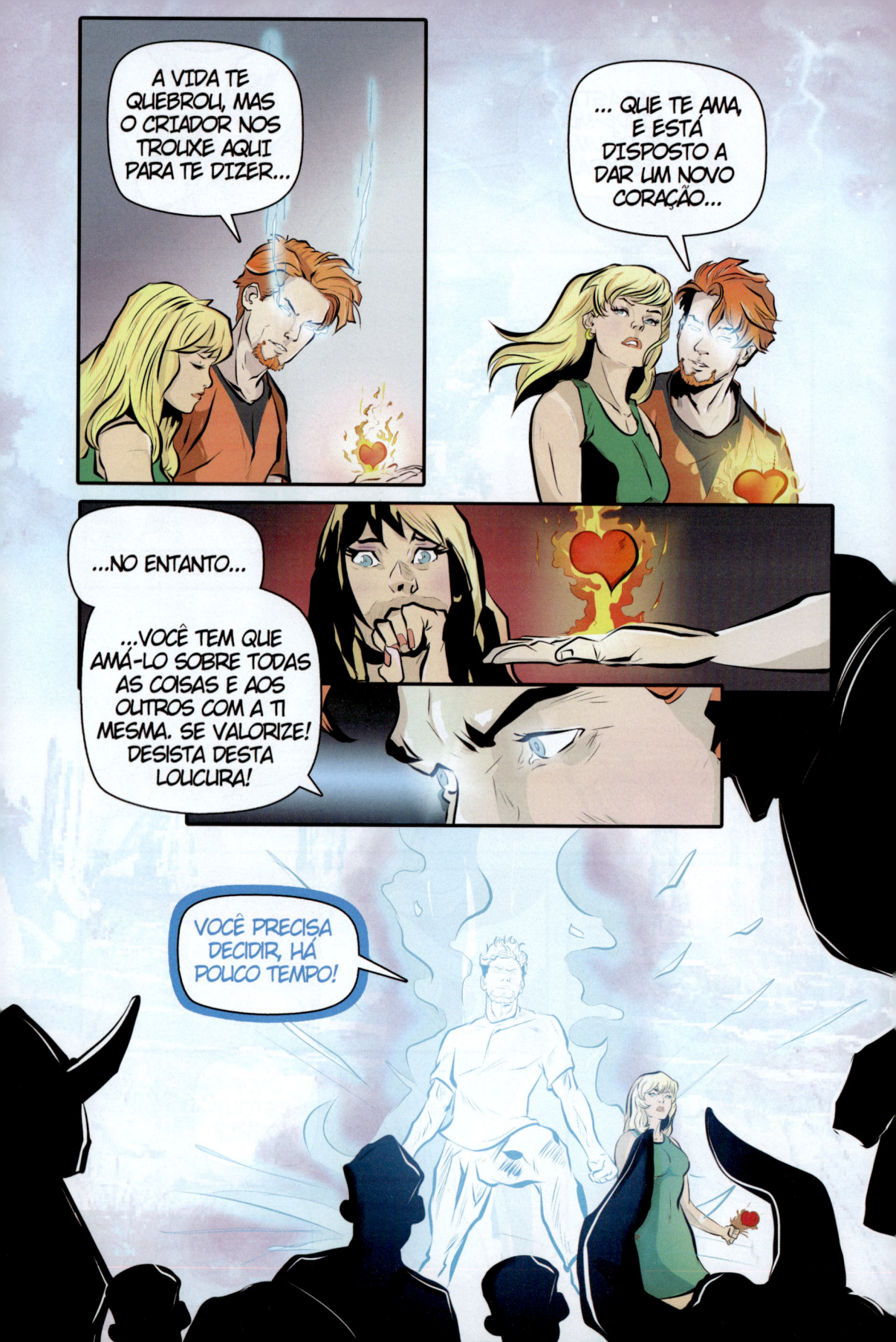

" Há um mal que tenho visto debaixo do sol, que mui frequente é entre os homens: Um homem a quem Deus deu riquezas, fazenda de tudo quanto a sua alma deseja, mas Deus não lhe dá poder para dar de comer, antes o estranho lho come: também isto é verdade e má enfermidade.".

(Eclesiastes 6: 1 - 2)

ALGUMAS HORAS ANTES...

TOC TOC

TOC TOC

MORRA!

SOLTE-O!

ARGH

SAI FORA, VELHOTE!

UGH!

EM NOME DE YESHUA, ORDENO QUE SAIA DESTE CORPO, ESPÍRITO MALIGNO!

EU VOLTAREI COM MAIS SETE! VOCÊS VÃO VER!

O QUE?

ECLESIÁSTICO, CADÊ VOCÊ?

INACREDITÁVEL A FORÇA DAQUELE CARA ...
NEM ME FALE...
CHEGUEI, PESSOAL. COMO FOI A VISITA?
NOS DEIXOU NA MÃO MAIS UMA VEZ, HEIN?
CALMA! ELE DEVE TER SEUS MOTIVOS.
ELES QUASE MORRERAM! ONDE VOCÊ ESTAVA?
EU ESTAVA MUITO ATAREFADO NA PESQUISA E ME ESQUECI.
ESQUECEU?
SÓ ISSO QUE TEM A DIZER?
POR QUE NÃO ANOTOU EM SUA AGENDA?

EU REALMENTE NÃO SEI, ESTAVA CONCENTRADO NO TRABALHO...

ESTÁ TUDO BEM!

EU FALEI COM VOCÊ, DANIEL.

EU NÃO SENTIA PAZ NESTE TRABALHO. ELE ESTÁ TE TIRANDO O FOCO.

É MEU SONHO, DEIXE SUAS PARANOIAS PARA OUTRO.

PARANOIA? OLHE PARA VOCÊ, GAROTO.

MENOS OS DOIS...

TEMOS MUITO PARA FAZER ESSE FINAL DE SEMANA. O INCIDENTE DE HOJE NÃO FOI ALGO ISOLADO.

AS FORÇAS DAS TREVAS ESTÃO TRAMANDO ALGO GRANDE.

ANA... SOBRE ISSO...

TEREI DE TRABALHAR NA PESQUISA ESTE FINAL DE SEMANA!

OLHEM AÍ, ELE JÁ FEZ SUA ESCOLHA. VÁ PARA SEU SONHO. NÓS TEMOS UM MUNDO PARA AJUDAR O CRIADOR A SALVAR.

É ISSO MESMO? VOCÊ ACREDITA SER O CAMINHO MAIS SÁBIO?

ELE JÁ TOMOU SUA DECISÃO.

NUM FUTURO NÃO TÃO DISTANTE...

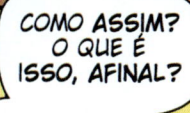

E AÍ, RAPAZ?...

SAIU SUA SENTENÇA!...

MORTE.

COMO ASSIM? O QUE É ISSO, AFINAL?

UMA PEGADINHA KAFKANIANA? EU NEM SEI COMO VIM PARAR AQUI!

ESTOU SENDO ACUSADO DE QUÊ?

NEM EXISTE PENA DE MORTE NO BRASIL!

CALMA, RAPAZ! POR QUE TANTAS PERGUNTAS?

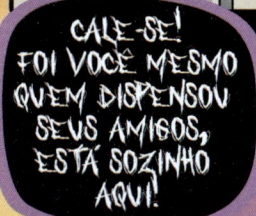

ESSA VOZ! EU JÁ OUVI EM ALGUM LUGAR!

CALE-SE! FOI VOCÊ MESMO QUEM DISPENSOU SEUS AMIGOS, ESTÁ SOZINHO AQUI!

O SEU CRIME NÃO É COMETIDO EM UM PAÍS, SUA SENTENÇA NÃO VEIO DE UM JUIZ.

DE VOLTA AO PRESENTE.

LÁ VAMOS NÓS PARA MAIS UMA DILIGÊNCIA SEM COBERTURA.

AQUELE HOMEM QUE NOS ATACOU FALOU QUE FAZIA SUAS CONSULTAS NESTE LUGAR.

AQUI É A FONTE DE TODO O DISTÚRBIO.

AHR AHR AHR

QUE LUGAR SINISTRO!

O PESO ESPIRITUAL É FORTÍSSIMO!

DE FATO, A AJUDA DO ECLESIÁSTICO SERIA MUITO BOA AQUI...

QUE YESHUA NOS PROTEJA.

CAÇA-FANTASMAS

O QUE VOCÊS QUEREM EM MINHA RESIDÊNCIA?

VOCÊS NÃO SÃO BEM VINDOS AQUI!

HÃ?!

O **ENCOSTO**

OH... OH...

FUJAM!

O INFORMANTE NÃO NOS FALOU QUE SE TRATAVA DE UM ENCOSTO.

MALDITOS!

BLINK

ELES VOLTARÃO ENQUANTO ISSO...

...VOU ME DIVERTIR COM VOCÊ.

MINHA CONTRA PARTE CUIDA DELES.

QUE O CRIADOR OS LEVE, AO LUGAR CORRETO, E QUE VOLTEM A TEMPO.

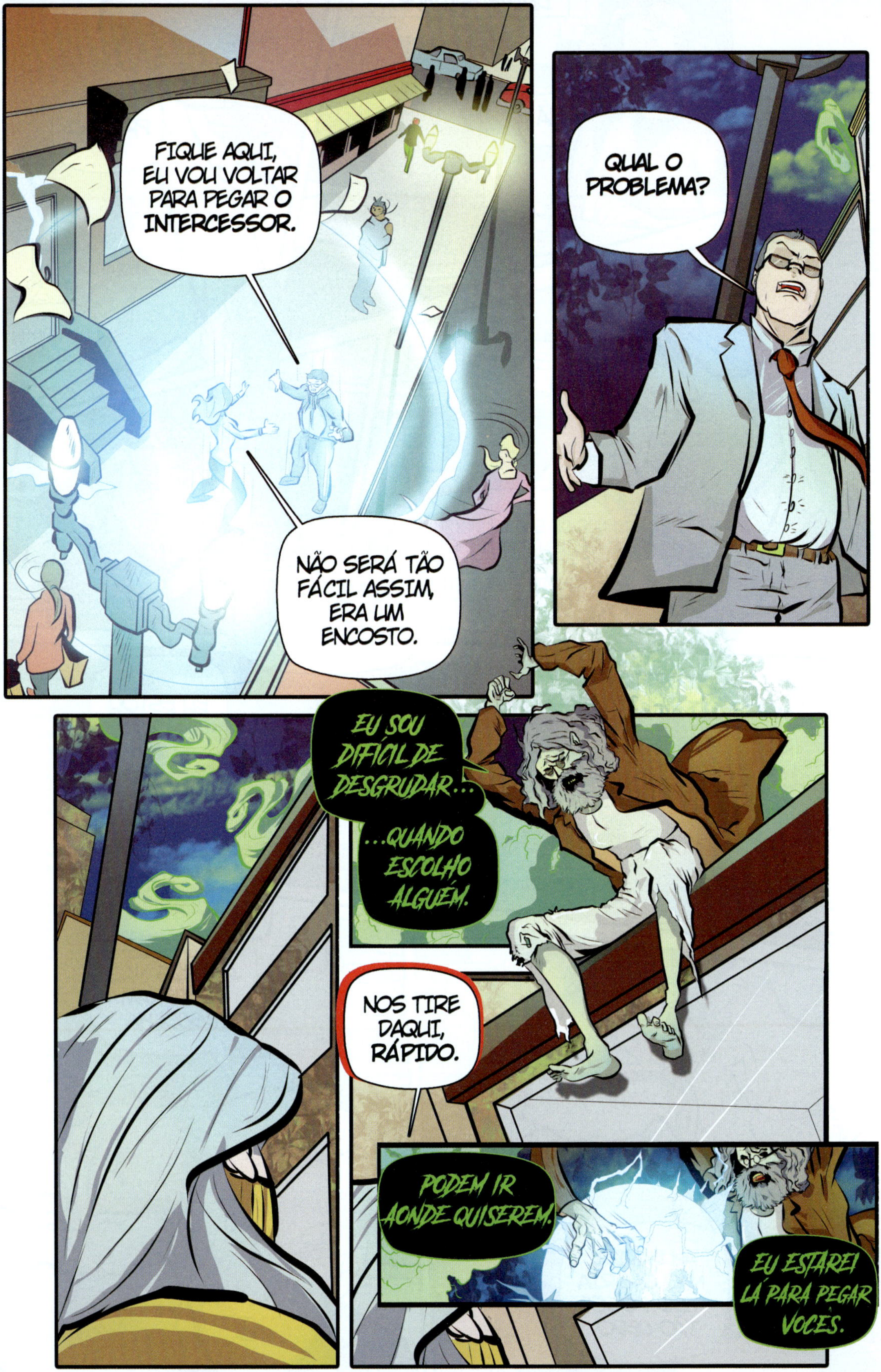
FIQUE AQUI, EU VOU VOLTAR PARA PEGAR O INTERCESSOR.
NÃO SERÁ TÃO FÁCIL ASSIM, ERA UM ENCOSTO.
QUAL O PROBLEMA?
EU SOU DIFÍCIL DE DESGRUDAR...
...QUANDO ESCOLHO ALGUÉM.
NOS TIRE DAQUI, RÁPIDO.
PODEM IR AONDE QUISEREM.
EU ESTAREI LÁ PARA PEGAR VOCÊS.

UNIVERSIDADE...

HÃ

PRONTO.

OI, DANIEL. É A ANA...

NOS DÊ SUA LOCALIZAÇÃO URGENTE, PRECISAMOS DE SUA AJUDA. ESTAMOS SENDO PERSEGUIDOS POR UM ENCOSTO.

O INTERCESSOR FOI CAPTURADO. CREMOS QUE É ALGO PESADO.

EU ESTOU NO...

CRASH!!!

MAS SEUS AMIGOS NÃO ME DERAM ESCOLHA.

AH DANIEL, NÃO QUERIA QUE FOSSE TÃO CEDO...

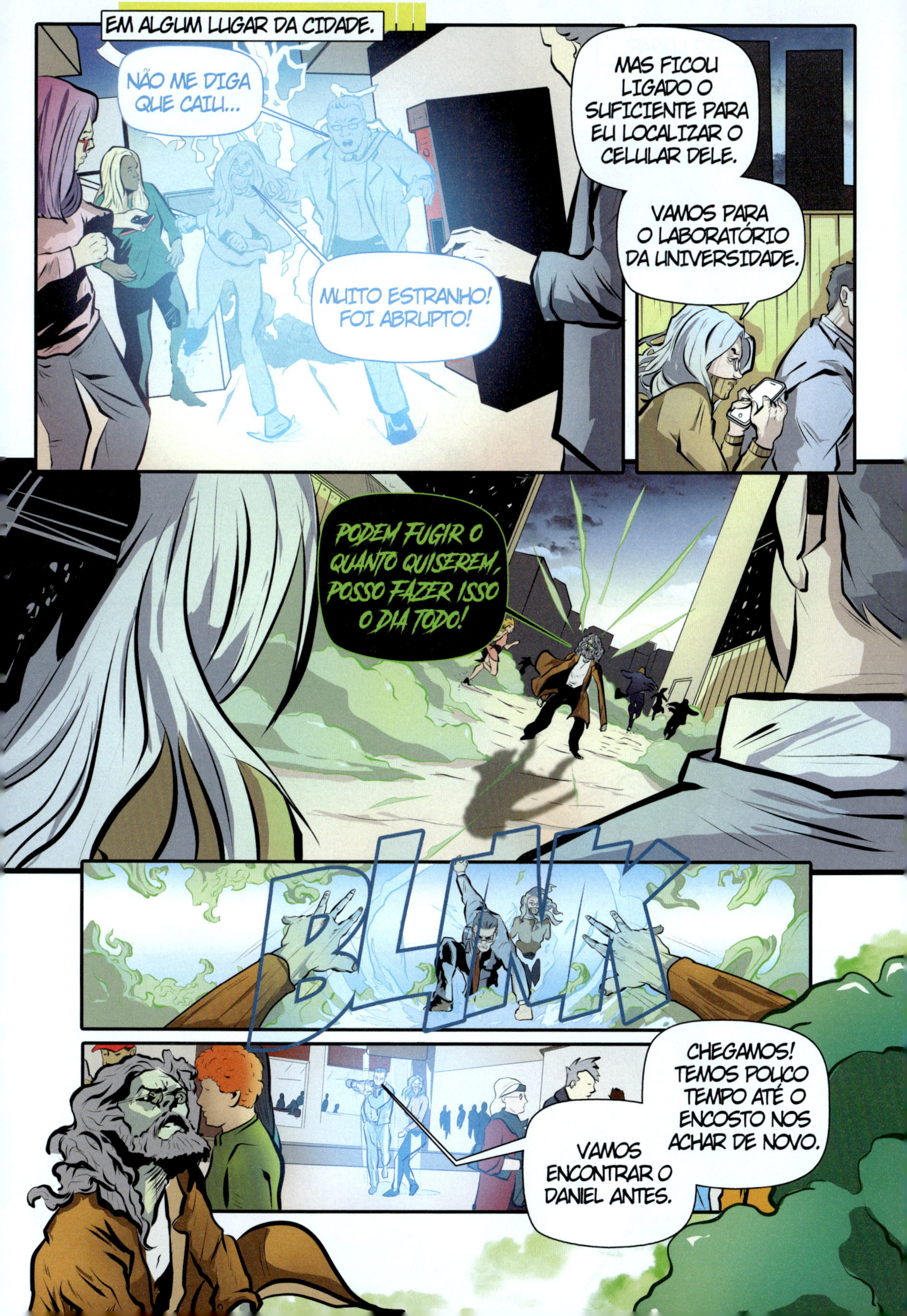
EM ALGUM LUGAR DA CIDADE.
NÃO ME DIGA QUE CAIU...
MUITO ESTRANHO! FOI ABRUPTO!
MAS FICOU LIGADO O SUFICIENTE PARA EU LOCALIZAR O CELULAR DELE.
VAMOS PARA O LABORATÓRIO DA UNIVERSIDADE.
PODEM FUGIR O QUANTO QUISEREM, POSSO FAZER ISSO O DIA TODO!
BLINK
CHEGAMOS! TEMOS POUCO TEMPO ATÉ O ENCOSTO NOS ACHAR DE NOVO.
VAMOS ENCONTRAR O DANIEL ANTES.

EM OUTRO LUGAR...

A FUGA DE SEUS AMIGOS SERÁ INÚTIL, MINHA CONTRA-PARTE VAI ALCANÇÁ-LOS.

YESHUA, DAI-ME FORÇAS! ME DÊ...

O ESCUDO DA FÉ

FUOOSH!!!

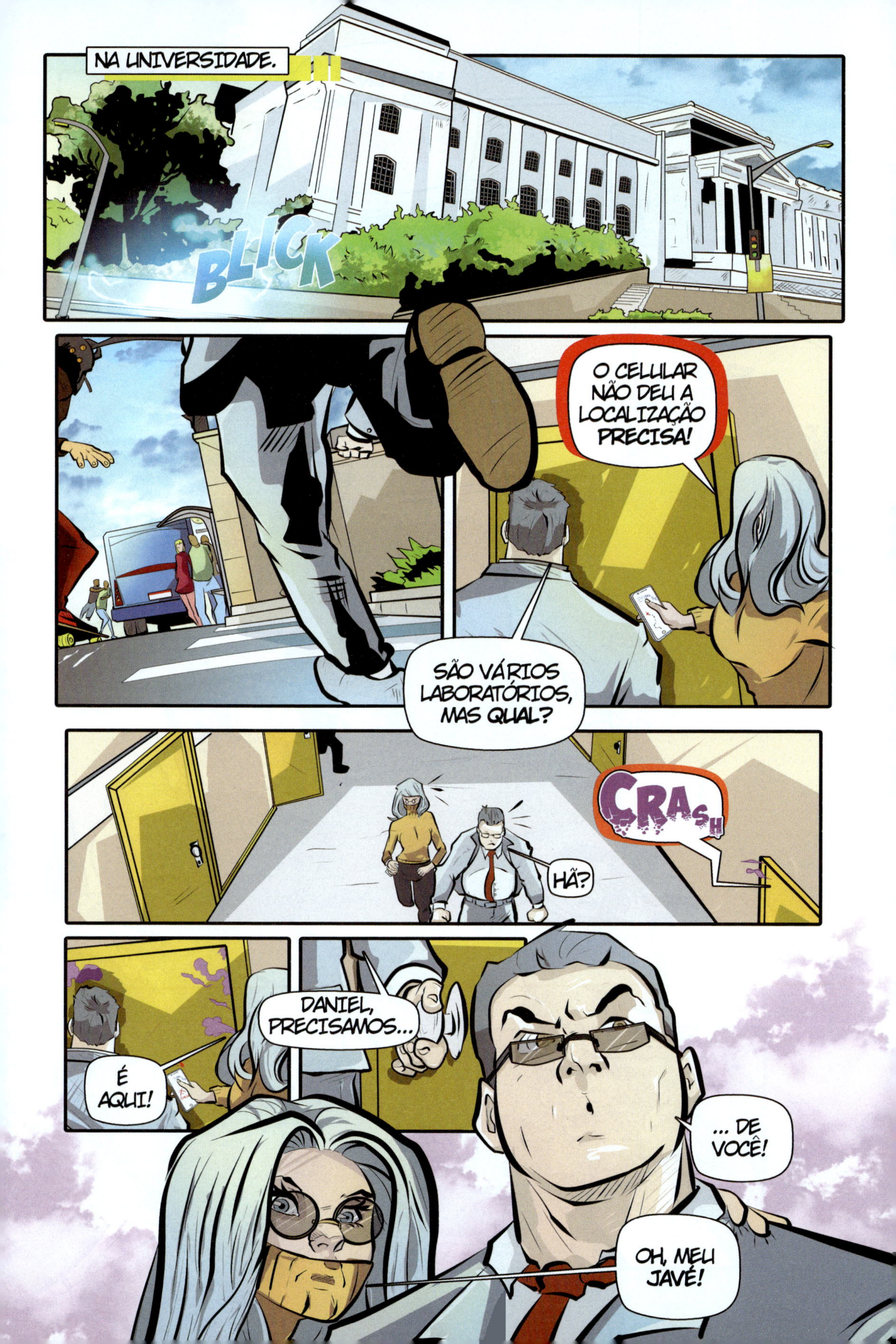
NA UNIVERSIDADE.
BLICK
O CELULAR NÃO DEU A LOCALIZAÇÃO PRECISA!
SÃO VÁRIOS LABORATÓRIOS, MAS QUAL?
CRASH
HÃ?
É AQUI!
DANIEL, PRECISAMOS...
... DE VOCÊ!
OH, MEU JAVÉ!

NEM PENSE EM DAR UM PASSO À FRENTE!
MUITO MENOS UM PASSO PARA TRÁS!

Eclesiástico

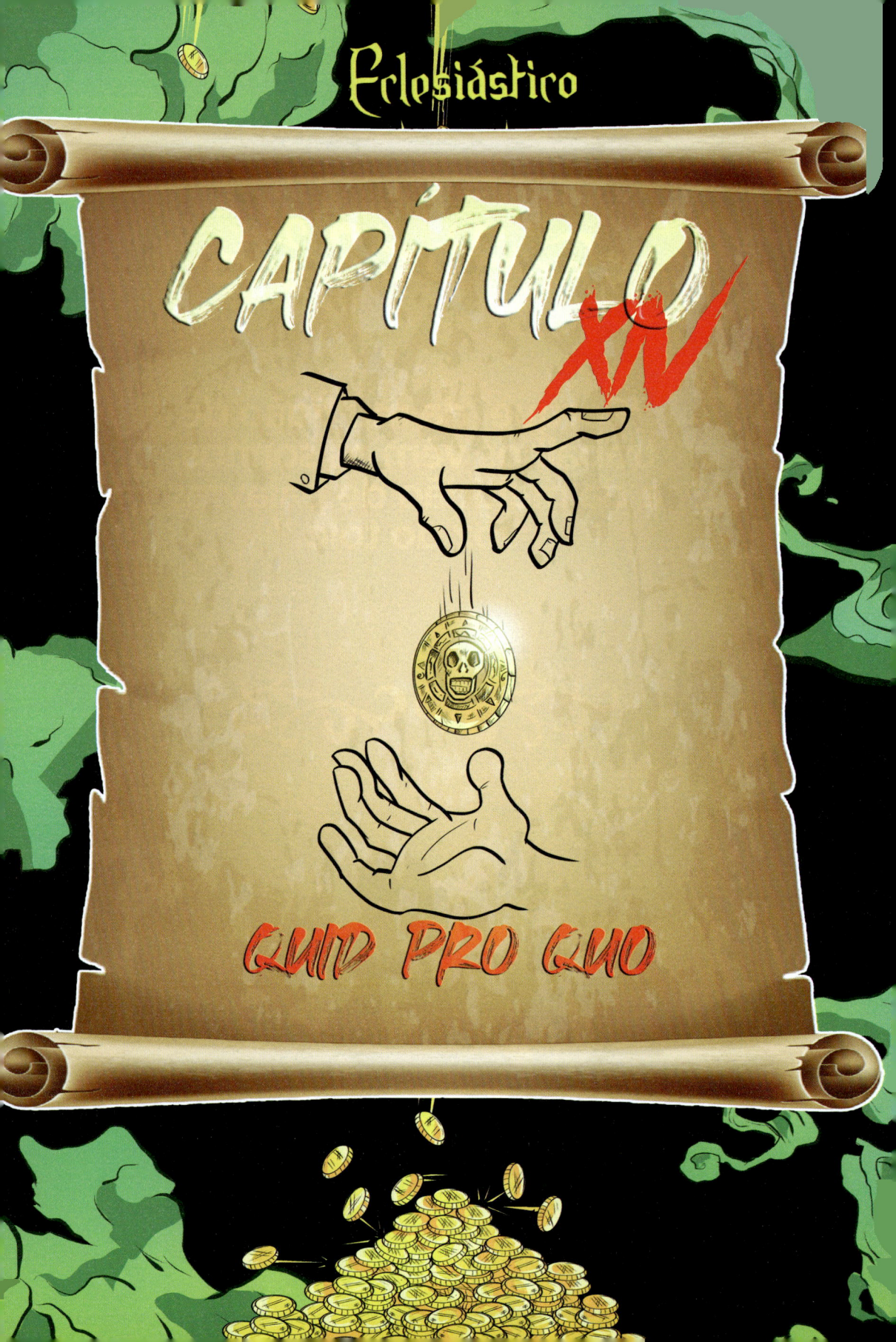

CAPÍTULO XV

QUID PRO QUO

"Porque da multidão de trabalhos vêm os sonhos, e da multidão de palavras a voz do tolo."

(Eclesiastes 5:3)

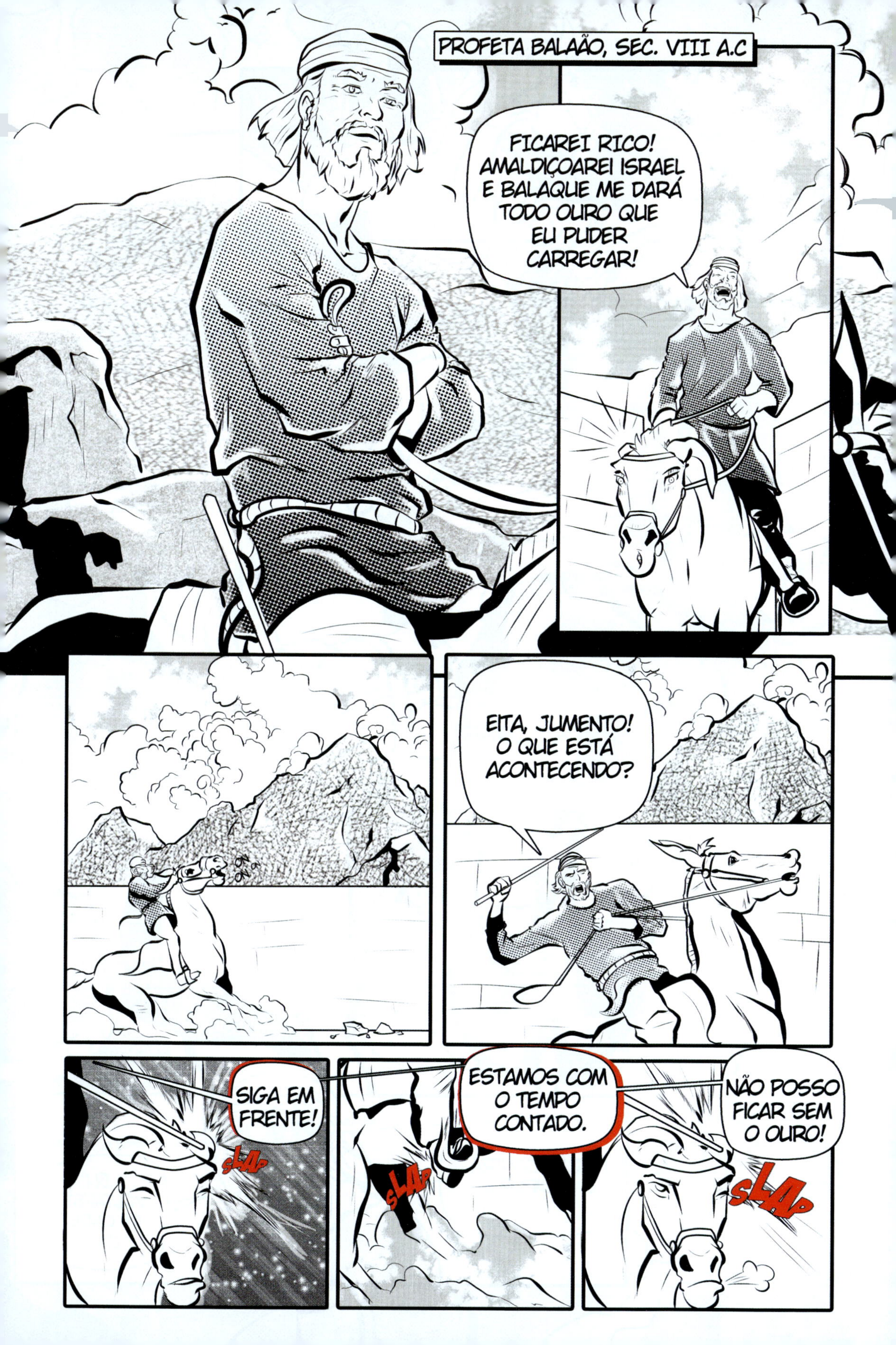
PROFETA BALAÃO, SEC. VIII A.C
FICAREI RICO! AMALDIÇOAREI ISRAEL E BALAQUE ME DARÁ TODO OURO QUE EU PUDER CARREGAR!
EITA, JUMENTO! O QUE ESTÁ ACONTECENDO?
SIGA EM FRENTE!
SLAP
SLAP
ESTAMOS COM O TEMPO CONTADO.
NÃO POSSO FICAR SEM O OURO!
SLAP

QUE TE FIZ EU PARA ME ESPANCAR?

TE CARREGO POR TODA VIDA, EU FAÇO ISSO CONTIGO?

POR QUE ESPANCA A JUMENTA?

ELA SÓ QUIS TE PROTEGER DE MINHA ESPADA, SE NÃO FOSSE ELA EU JÁ TERIA TE MATADO! AGORA VOLTE.

PEQUEI CONTRA O CRIADOR...

...EU VOLTAREI DE ONDE CAÍ!

HÁ ALGUNS DIAS ATRÁS...

POR ONDE COMEÇAMOS?

EU PRECISO QUE RESTAURE A FORÇA DO ECLESIÁSTICO.

ONDE ESTOU? E O QUE É ISSO?

CONSIDERE UM RECOMEÇO!

ISTO É O ÓLEO DO ESPÍRITO E A PALAVRA DO CRIADOR.

ALIMENTAR-ME DA PALAVRA, CERTO?

SIM...

HUM... IMAGINO QUE IRÁ ME FAZER COMER PÁGINAS DA BÍBLIA?

BEM QUE GOSTARIA, MAS A GRAVIDADE DA SITUAÇÃO E O TEMPO QUE VOCÊ FICOU SEM A PALAVRA....

... O ÓLEO VAI AJUDAR A TORNAR O PROCESSO MENOS DOLOROSO...
...EXIGINDO UMA AÇÃO DRÁSTICA...
SPOCH
DOLOROSO? COMO ASSIM?
O QUE VOCÊ VAI FAZER?
TRATAMENTO DE CHOQUE
Bíblia SAGRADA
HUNF!

ACORDE!
HÃ?
E AÍ? CONSEGUIU?
EU ACHO QUE SIM!
O QUE VOCÊ FEZ?
EU QUASE MORRI!
NÃO TIVE OPÇÃO...
CALMA AÍ, ECLESIÁSTICO!
POR QUE VOCÊS ESTÃO OLHANDO PARA MIM ASSIM?
VOCÊ CONSEGUIU, ANA!
HORA DE AGIR...

HOJE...
DESARMADOR, SEJA LÁ O QUE FOR FAZER, AJA RÁPIDO!
EL!
ANA, ABAIXE-SE!
POW
VAMOS DAR O FORA DAQUI!
NÃO

— RESISTA O QUANTO QUISER, UMA HORA EU VOU QUEBRAR ESTE ESCUDO!

— SENHOR, DÁ-ME FORÇAS!

BLINK

— SEU INCOMPETENTE! INÚTIL.

— ELES VOLTARAM?

— DROGA, PERDI O RASTRO DELES, A MULHER DEVE TÊ-LOS TORNADO INVISÍVEIS AO MUNDO ESPIRITUAL.

— O CHEFE VAI NOS MATAR QUANDO SOUBER QUE OS PERDEMOS!

— UFA, ACHEI QUE NÃO IA CONSEGUIR TRANSLADAR MAIS...

— OBRIGADO POR VOLTAREM.

— HÁ MUITO A FAZER. PRECISO ACESSAR O MUNDO ESPIRITUAL E AJUDAR O ECLESIÁSTICO.

— EM BREVE O ENCOSTO NOS ACHARÁ NOVAMENTE.

— POR ENQUANTO ELE ESTARÁ SEGURO AQUI!

— ACHO QUE CONSIGO MAIS UMA VEZ, PELO DANIEL...

BLINK

— QUE O CRIADOR NOS AJUDE!

SEU DESTINO SERÁ TRAÇADO EM BREVE!

UNF!

ESTÁ CLARO AGORA QUE NÃO ESTOU NO MUNDO NATURAL.

SEJA LÁ QUEM FOR VOCÊ, SAIBA QUE ACABOU!

DAREI UM JEITO DE SAIR DAQUI E VOLTAR PARA O MUNDO NATURAL. IREI CANCELAR MINHA PESQUISA E FOCAR NO MEU CHAMADO!

COMO ASSIM CANCELAR A PESQUISA?

ORIENTADOR COMO VEIO PARAR AQUI?

ORA, ORA! QUEM É VIVO SEMPRE APARECE...
DANIEL, ESTAMOS COM OS PRAZOS ATRASADOS, TEMOS QUE RETOMAR A PESQUISA.
DOUTOR, ESTOU FORA!
COMO ASSIM?
CHEGA, ESTOU ENCERRANDO MINHA PARTICIPAÇÃO NA PESQUISA.
VOCÊ TEM NOÇÃO DO QUE ISSO VAI FAZER COM SUA REPUTAÇÃO?
NÃO ME IMPORTO COM MINHA REPUTAÇÃO! SÓ ME DESPEÇO E PEÇO PERDÃO PELO TEMPO PERDIDO!
NÃO É TÃO SIMPLES ASSIM ...
...VOCÊ ASSINOU UM CONTRATO. SE LEMBRA? ISSO TRARÁ CONSEQUÊNCIAS!
ESTOU DISPOSTO A ASSUMIR CADA UMA DELAS!
SERÁ QUE ESTÁ MESMO? ECLESIÁSTICO
DO QUE ME CHAMOU?
DO QUE MAIS PODERIA TE CHAMAR?

ECLESIÁSTICO

> MAMON, AGORA TODA ESSA LOUCURA FAZ SENTIDO!

EPHATA

SEU TOLO! VOCÊ ASSINOU UM CONTRATO SEM LER!

VOCÊ É MEU! FOI A MIM QUE VOCÊ DECIDIU SERVIR QUANDO ACEITOU AQUELE DINHEIRO. POR ISSO NÃO PODE ME TOCAR!

CONTRATO

DOUTOR, POR QUE VOCÊ FEZ ISSO COMIGO?
EU NÃO TIVE OPÇÃO. PRECISAVA DE DINHEIRO, EU FIZ UM PACTO COM ELE.
CONTRATO
TODOS CALADOS!
CLIP
AQUELE HOMEM QUE VOCÊ TIROU DE MIM SERÁ PAGO AGORA COM A SUA PRÓPRIA VIDA!
NÃOS

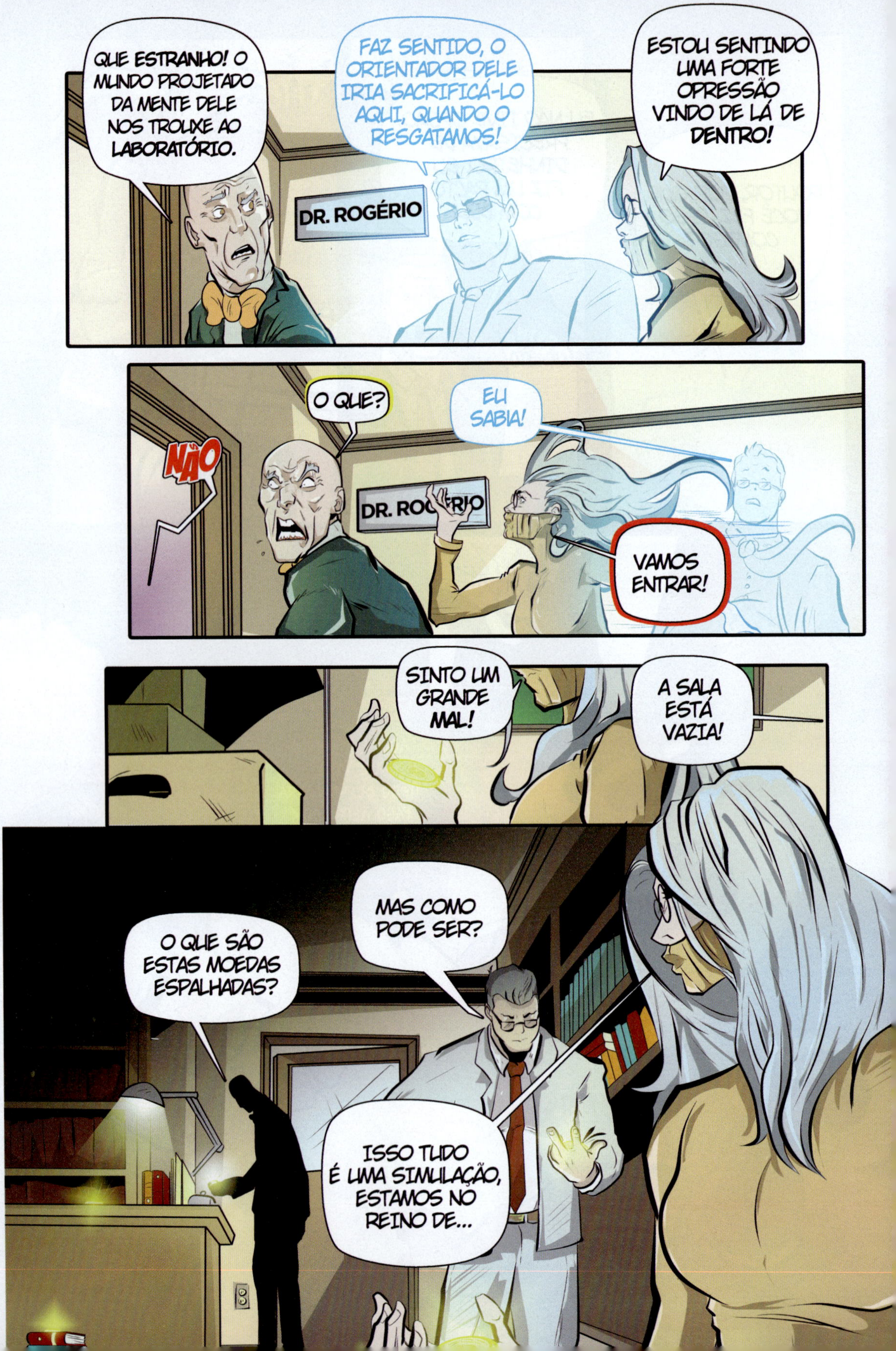
QUE ESTRANHO! O MUNDO PROJETADO DA MENTE DELE NOS TROUXE AO LABORATÓRIO.
FAZ SENTIDO, O ORIENTADOR DELE IRIA SACRIFICÁ-LO AQUI, QUANDO O RESGATAMOS!
ESTOU SENTINDO UMA FORTE OPRESSÃO VINDO DE LÁ DE DENTRO!
DR. ROGÉRIO
NÃO
O QUE?
EU SABIA!
DR. ROGÉRIO
VAMOS ENTRAR!
SINTO UM GRANDE MAL!
A SALA ESTÁ VAZIA!
O QUE SÃO ESTAS MOEDAS ESPALHADAS?
MAS COMO PODE SER?
ISSO TUDO É UMA SIMULAÇÃO, ESTAMOS NO REINO DE...

MAYDON PRECISAMOS LOCALIZÁ-LO ANTES QUE SEJA TARDE!

DOUTOR, SE ARREPENDA ENQUANTO É TEMPO. SEMPRE HÁ UMA SAÍDA!

AGORA QUE ESTAMOS NO MEU PRINCIPADO RESISTIR SERÁ INÚTIL.

VOCÊ SERÁ LEILOADO E CONSUMIDO. PREPARE-SE...

EU ACHO QUE NÃO!

BLINK!

— SOLTE-O, SEU MALDITO!

— VOCÊ É TÃO TOLO, REALMENTE ACHOU QUE EU NÃO ESPERAVA POR ISSO?

— AGORA TENHO TODOS VOCÊS EM MINHAS MÃOS, A VINGANÇA ESTÁ COMPLETA! FAÇAM COMPANHIA PARA SEU AMIGO!

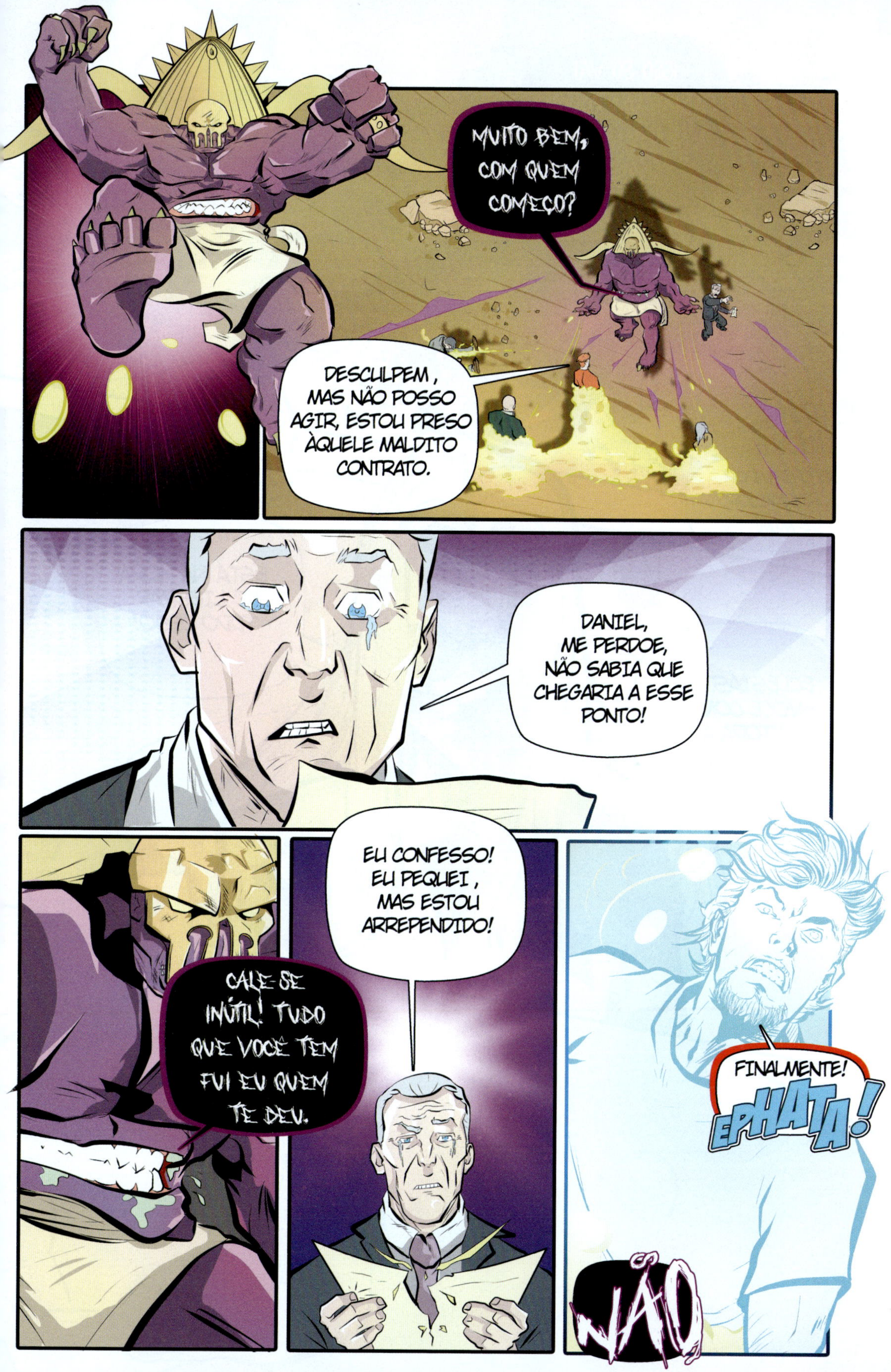
MUITO BEM, COM QUEM COMEÇO?
DESCULPEM, MAS NÃO POSSO AGIR, ESTOU PRESO ÀQUELE MALDITO CONTRATO.
DANIEL, ME PERDOE, NÃO SABIA QUE CHEGARIA A ESSE PONTO!
EU CONFESSO! EU PEQUEI, MAS ESTOU ARREPENDIDO!
CALE-SE INÚTIL! TUDO QUE VOCÊ TEM FUI EU QUEM TE DEU.
FINALMENTE! EPHATA!
NÃO

"ISSO SÓ VAI ADIAR UM POUCO A SENTENÇA DE VOCÊS."

"QUE O CRIADOR TENHA MISERICÓRDIA DE MIM!"

"ECLESIÁSTICO, VOCÊ COMEU TODA A PALAVRA!"

"ESTÁ NA HORA DE LIBERAR TUDO ISSO!"

"HUNF..."

MALDITO TRAIDOR! VOLTE PARA O MUNDO E PAGUE POR SUA ATITUDE INCOMPETENTE!

NÃÃÃO...

VALEU A PENA TODO ESFORÇO.

LIAU!

ESTRANHO, MAMON NÃO PARECE TÃO PREOCUPADO...

TLM...

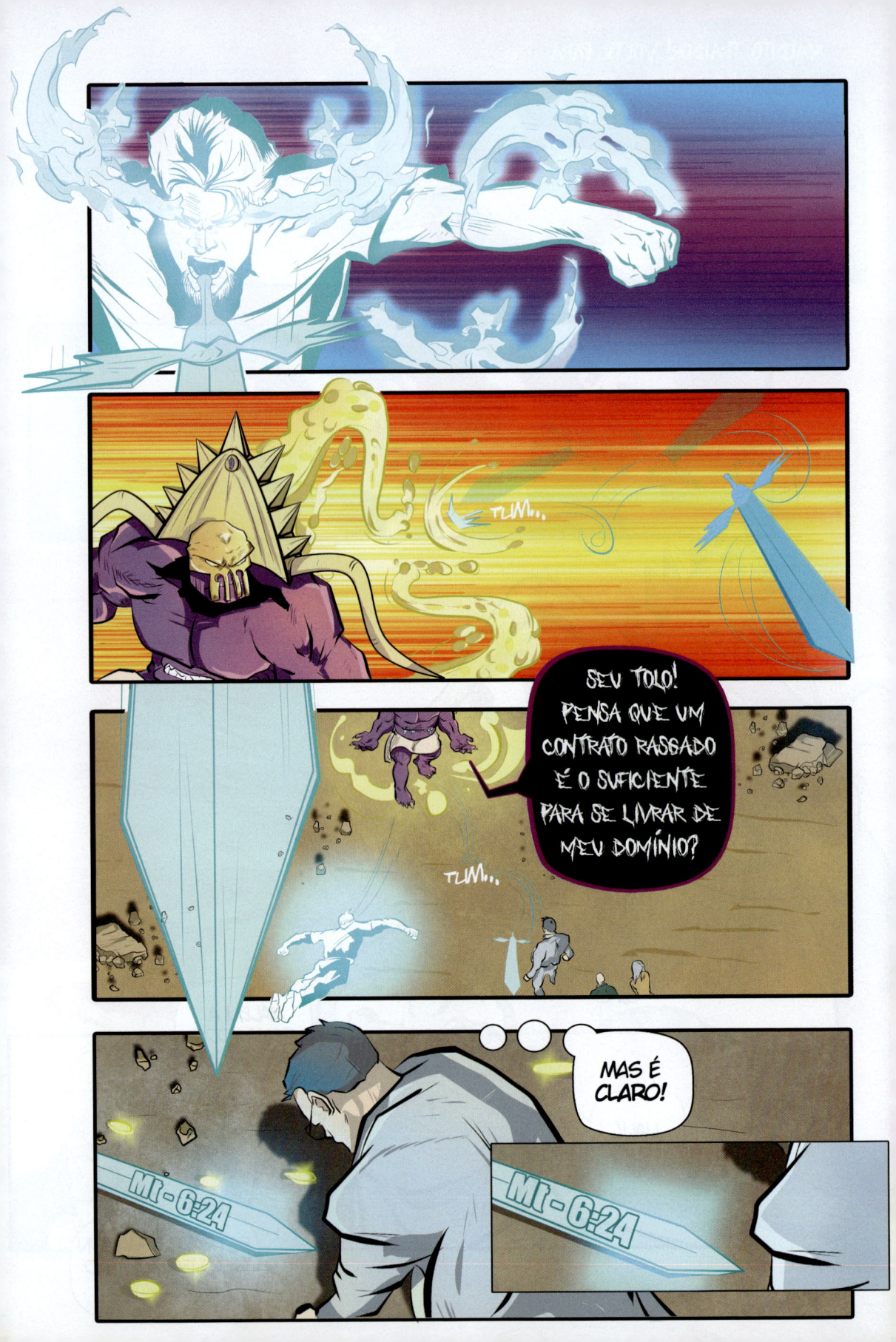

SEU TOLO! PENSA QUE UM CONTRATO RASGADO É O SUFICIENTE PARA SE LIVRAR DE MEU DOMÍNIO?

TLM...

MAS É CLARO!

Mt - 6:24

Mt - 6:24

— AGORA É COM VOCÊ O MEU ACERTO DE CONTAS!

— DANIEL! MATEUS 6:24.

— "NINGUÉM PODE SERVIR A DOIS SENHORES, POIS ODIARÁ UM E AMARÁ O OUTRO, VOCÊ NÃO PODE SERVIR A DEUS E A MAMON."

— LISE!

— TÍPICO DESTA GERAÇÃO, PRECISA TWITAR ANTES DE MORRER...

— NADA DISSO, MEU CARO! FIZ UMA TRANSFERÊNCIA BANCÁRIA COMO DOAÇÃO!

DOEI TODO DINHEIRO PARA UM FUNDO DE BOLSA DE ESTUDOS PARA ALUNOS CARENTES DA MINHA UNIVERSIDADE!

COMO PODE FAZER ISSO, MALDITO?

NÃO TE SIRVO MAIS!

MALDITO!!!

ADEUS!

HÁ MUITO TEMPO NÃO ME SENTIA TÃO LIVRE!

UM PEDAÇO DE METAL TÃO PEQUENO, MAS CAPAZ DE FAZER PESSOAS SE MATAREM, SE TRAÍREM, ENLOUQUECEREM...

... E CONSEGUIU ME CORROMPER...

MAS NÃO MAIS!!! CHEGA!

VOLTEM PARA SEU DONO!

FINALMENTE ACABOU!

VAMOS PARA CASA!

POR FAVOR!

BLINK!

NO DIA SEGUINTE.

"OLHEM ISSO, PESSOAL!"

"COMO ASSIM?"

"SINTO MUITO, CARA!"

"SABÍAMOS QUE ERA IMPORTANTE PARA VOCÊ!"

"O DINHEIRO DA PESQUISA ERA DE DESVIO DE RECURSOS FEDERAIS! CANCELARAM TUDO!"

"TRANQUILO, EU ESTAVA OBCECADO, QUASE ME PERDI. FOI UM MILAGRE!"

"OI, PESSOAL!"

— PARECE QUE FINALMENTE ALGUÉM NOS LOCALIZOU!

— VOCÊS PODEM TER VENCIDO MAMON, MAS EU NÃO SOU DE DESISTIR FÁCIL!

— FIQUEM ATENTOS. ELE NUNCA VEM A SÓS!

— ENTÃO ESTE É O TAL ENCOSTO?

— CRIATURA, SE VOCÊ VEM EM NOME DE UM PRINCIPADO, SAIBA QUE ESTAMOS AQUI...

"EM NOME DO SENHOR DEUS TODO PODEROSO DOS EXÉRCITOS!"

EPHATA!

Richarde Barbosa Guerra é natural de Belo Horizonte/MG. Formado em Química Industrial (CEFET MG), licenciado em Química Pura (UFMG), também estudou Astronomia, Geologia e Arte Sequencial. Pós graduado em Estudos Pastorais e Mestre em Teologia da Ação Pastoral na América Latina. Por vinte anos atuou como professor de Química, Física, Matemática e Teologia, além de diretor de escolas de ensino médio, seminários e faculdades. Desde 2012 atua integralmente no ministério pastoral da Igreja Batista da Lagoinha, onde é responsável pela Comunicação, Família e por cerca de 200 igrejas da grande BH, Chile, Nepal, Malásia, Angola, Nova Zelândia e Paquistão. Paralelamente, neste período, foi autor, coautor ou editor de mais de cinquenta livros, Bíblias de estudo para crianças, Almanaques, jogos de tabuleiro e revistas em quadrinhos - com destaque para a série Devocional da Turma da Mônica. É membro vitalício da Academia de Letras, Artes e Cultura do Brasil, na cadeira 31, cujo patrono foi Monteiro Lobato. Casado com Priscila Guerra e pai do Daniel e do Josué.

Marcos Eduardo de Oliveira é natural de Valinhos/SP formado em Ciências Contábeis (FAV) e Teologia (IFC), fundador do Comics GR (ministério de criação de quadrinhos cristão). Idealizador e líder do ministério X-CON (maior evento de cultura pop e o cristã no Brasil), com menção de honra da prefeitura de Valinhos/SP e matéria na revista Veja. Atuante como presbítero na Comunidade Cristã Apostólica Adonai e professor de cultura pop cristã na EMF da JUCUUM-Campinas/SP. Com mais de trinta quadrinhos produzidos e atuante há mais de cinco anos no mercado brasileiro. Marido da Juliana Andrade e pai da Katriny.

"Sou grato a Jesus, por ter me resgatado do mundo do tráfico, das drogas, ter me restaurado por completo. Participar desta obra, para mim como desenhista, foi um presente do SENHOR."

WWW.COMICSGR.COM.BR

Ecles